HABITACIÓN 214

ExLibric

ÁNGEL LUIS CIEZA VERA

HABITACIÓN 214

EXLIBRIC

ANTEQUERA 2024

HABITACIÓN 214
© Ángel Luis Cieza Vera
Diseño de portada: Dpto. de Diseño Gráfico Exlibric

Iª edición

© ExLibric, 2024.

Editado por: ExLibric
c/ Cueva de Viera, 2, Local 3
Centro Negocios CADI
29200 Antequera (Málaga)
Teléfono: 952 70 60 04
Fax: 952 84 55 03
Correo electrónico: exlibric@exlibric.com
Internet: www.exlibric.com

ISBN: 978-84-10297-25-8
Depósito Legal: MA 2006-2024

Impresión: PODiPrint
Impreso en Andalucía – España

Nota de la editorial: ExLibric pertenece a Innovación y Cualificación S. L.

A Belén,
por darse.

Habitación 214

Es tarde, parece que nada puede ocurrir ya. El día descansa impávido, fue caluroso y largo, un día más en la vida dentro de este infinito y negro universo. Todo reposa de una forma natural y casi ordenada, sin terremotos astrales a la vista, no coches, no ruido, no nada.

El hotel duerme plácido con luces fundidas en alguna que otra terraza. Luces tenues las vivas, muertas las muertas. Es un hotel pequeño del sur, no pretensiones, no nada. Dulce melodía y serenata nocturna en los labios del turno de noche; las plantas se riegan ya desde marzo. A veces no. Son melodías antiguas en un cuerpo joven que resuenan en el patio trasero, son unos labios inocentemente pecaminosos. A veces no.

Del fondo del pasillo parece resonar intenso un abrir o cerrar de puerta. Quizás ha sido solo la imaginación de una mente inquieta, el miedo de un alma a su propia imaginación. Una puerta siempre se abre o se cierra, uno la cruza o se queda atrás y detrás de atrás un paso no dado.

«Fue solo la imaginación», pensó el recepcionista de noche.

Un ruido no ruido y detrás del ruido de la imaginación… una sola habitación: habitación 214.

Pica la curiosidad como un mosquito en una noche de verano, y el recepcionista chequea profesional e inquieto y busca la luz, solo la luz que da la pantalla de recepción en una noche quieta.

«La 214 no está ocupada», se dice.

A tomar aire de nuevo, a respirar, ¡y a fumar!, que es respirar al revés. A veces sale a regar, a veces no. De noche se medita más la vida, incluso regando plantas turísticas. Y cuando el liviano riego se convierte en ganas locas de mear, un taxi asoma el morro de las cuatro de la mañana. Solo puede salir de él un náufrago perdido en medio del mar, la mar.

«Así es, ya no hay ganas de mear».

La habitación 214 se ocupa; pasa a rojo. Detrás de ella, historias de náufragos de mar, de botes hundidos y rescatados, de lunas llenas y crecientes, de pasos no dados o renacidos; de cruces de caminos sin destino o definitivamente el destino único y final. Detrás de ella, de esta curiosa habitación, sin duda alguna, historias mundanas diarias y mucha meada perdida.

I

El morro del taxi descarga el peso y se va. En recepción deja a un hombre visiblemente ebrio, piano de cola, adalid de nadie, borracho caballero sin par. Es noble en sus formas y vestir, pero villano el trato que recibe de los demás. Trae maletas para disfrazar un ejército, cuatro, concretamente, pero viene solo. Son las cuatro de la mañana, no tiene «reservación» que diría él mismo. Cuatro coros quise decir de primera y dije ejército. Me enrollo y entremezclo.

Las palabras se pierden en su boca así como se enrollan y se entremezclan en su cabeza las ideas. Son muchas a un mismo tiempo que vuela como la luz. Demasiadas vivencias convertidas en estrellas fugaces en la negra noche de nadie. Quiere mantener la vertical y lo hace, tiene dignidad.

«Reservación para siete días, porque siete planetas son ellos y siete las noches que esperaré a que cambie de nuevo ella, la luna», dijo solemne Rafael, conocedor del universo en que habitaba.

«En efectivo o tarjeta», contestó el recepcionista como si ya supiese de memoria esa lección de física.

Destino, habitación 214. Lo que queda de noche se ronca y se muere un poco y listo. Escasas horas más tarde, la mañana celeste y virginal, segundo a segundo, atraviesa amable la pequeña ventana de la habitación.

Para todo el personal del pequeño y azul hotel, «la reservación» de siete noches, como siete pecados capitales, es una sorpresa *a priori* agradable que genera intriga y dudas razonables. Es un hombre nuevo de mañana peinada y soleada, que saluda educadamente con formas de otro tiempo y entabla conversación con uno y otro y otro y otro. Se llama Rafael.

«Voy de compras, estaré unos días y necesito un atuendo adecuado para la ocasión».

Vuelve turista perfumado de gafas de marca que no quiero pronunciar, «Ray-Ban», pantalón corto Juan Carlos Primero y polo a juego con su desorden existencial a cuestas. Hicieron el agosto en julio en El Corte Inglés y aunque todo ya es suyo, no parece que nada le pertenezca. Viene cargado de bolsas, como poseído por el sistema, aunque se sabe a vista de pájaro de recepción que no encaja en él.

Baja al bar a mediodía a refrescarse, tras dejar en la 214 un sinfín de bolsas cargadas de nada. Más tarde es un Quijote que grita sus locuras incomprendidas al resto del restaurante, que soñaba con una tarde plácida de turista exigente y *cocktail* de vodka negro.

El alcohol lo sumerge velocista en un estado de esquizofrenia paranoide, donde ya nadie escucha lo que dice, donde nadie puede ver lo que él ve, nadie siente lo que para él es tan palpable; lo siente en los propios dedos de las manos, lo siente y se le va. Pierde la razón, las formas, la cabeza y los pies; pierde la compostura fingida a voces, la visión y las gafas que no quiero pronunciar. Todo a su alrededor se perturba, cambia de ánimo, se encogen de hombros las plantas. La tarde plácida de turistas exigentes se esfumó; están más que asustados, aterrorizados.

Son para él, esa gente que le rodea, angustiados, tímidos que se dejan ahogar sin mover tan siquiera los brazos. Vuelve a su habitación resignado y perdido, dispuesto a nada.

Jengibre, uva *cherry* y Don Simón de todos los santos. Carne de pollo, levadura, almendra natural y vino blanco. Higos, chocolate negro y una caja de cerezas desparramada. Flores silvestres, abrillantador y flanes de huevo. Todo por el suelo, también sobre la cama.

De esta guisa se encuentra la habitación 214 la mañana siguiente. La mañana es celeste y el universo sigue donde mismo, flotando negro decorado de estrellas.

La historia, como la del día de la marmota, se repite día tras día; siete días eternos como siete planetas, y cada día Rafael pierde el autobús de la cordura y lo vuelve a tomar dos o tres paradas más allá.

Patas de pulpo, yogur griego, fabada en lata, apósitos, cerveza portuguesa y una estrella azul perdida de papel. El hedor es de otro mundo también.

Antes de que apareciera la luna tras la séptima noche, las maletas de Rafael están a pie de carretera. Este mundo no le comprende. En la habitación ya casi vacía y entre los restos del naufragio, aparece su largo historial médico; decorado de sangre de mosquito en el que se escribe a tinta azul:

Nada va en mi misma dirección, nada excepto la luna
y los siete planetas que giran ordenados como mi corazón.

2

Son tres los días y tres las noches lo que nuestro pequeño habitáculo particular necesita para retomar cierto equilibrio. Esos tres días y tres noches la habitación 214 está vacía, solo el ligero aire del sur caliente ventiló tanta intensidad incomprendida acumulada. Descansó vacía de tanto vacío, de tanto exceso de pensamiento humano. Descansó.

No son pocas las veces que al entrar en una habitación de hotel nos invade cierta energía que por allí pasó, posó y que reposa aún ingrávida en el aire; en el triste espejo de turno e incluso en el tacto del escritorio. No es tan solo una habitación de hotel, es algo más, hay algo más.

Otra meada perdida, se entregan dos DNI. ¿Son obligatorios? Uno luego y después otro. Es tarde y huelen a noche y a fiesta rancia esperada de traje de estreno ceñido. Verde coral el de ella, corbata azulina sin personalidad la de él.

Varón; conocido periodista del entorno comarcal de la acera de su calle. Varona, sombra de él, con futuro prometedor en la acera de la suya.

Recepcionista híbrido que dormido se hace aún más dormido, dormido eterno. «En la tele no se nota que son amantes».

Varón y Varona seguramente anduvieran buscando un desliz de un tiempo atrás, lo que lo convertía en un no desliz. La 214 se abrió, después de varios intentos fallidos con la tarjeta borracha que nunca va, y allí estaba la cama que esperaba un meneo de ensueños soñados. Soñar el amor prohibido, no consumado que diría el párroco, y seguir soñando que el sueño se hará realidad. Jurar en sueños que todo lo dejaría por ese sueño de amor prohibido, por ese momento intenso animalmente carnal. Su cara, su pelo entrelazado en mis dedos, su cuerpo entero asquerosamente mío. Vivir en y por lo intenso, por el impulso más animal. No es a veces sueño, sino perder la razón o ganarla, vivir equivocadamente soñando o morir eternamente cuerdo.

De primeras ella, Varona, al entrar en la habitación con su ceñido traje verde coral y perlas naturales sintéticas, se sintió observada, como si alguien más allí estuviera y todo lo supiera.

«Ha sido una mala idea», pensó sin decir nada.

Varón, que temía de su virilidad, se hizo un Humphrey Bogart, se encendió un pitillo sin ganas de fumar y se sentó en la cama.

«Desnúdate para mí», le pidió tras contemplar la playa de esa hermosa cintura verde coral.

A veces necesitamos una bofetada para reaccionar y seguir adelante. El pitillo finalmente le regaló el descaro y coraje que no tenía, y la verdadera noche empezó exactamente a las cuatro y treinta y dos de la madrugada.

Los gritos de ambos también se hacían coral, cantos corales perfectamente a la par, barítono y barítona, Varón y Varona en un clímax total. El pequeño hotel despertó de sus sueños más profundos para caer en el eco de aquella lujuria fugaz añeja. Y aquel eco a cuatro voces se calló rotundamente; de pronto, sin más, justo a las cuatro cuarenta.

Nuevo silencio; Varona bajó las escaleras de ensueño ya roto y se despidió, con la mirada más fugaz, del eterno recepcionista dormido, ahora obviamente despierto.

Varón, solo en la habitación 214, se encendió otro pitillo, ahora a lo Robert Redford, y, hablando como si alguien lo escuchara atentamente, dijo dubitativo:

«No he estado mal».

La vida a la mañana siguiente siguió eterna y fugaz como siempre. En la habitación solo dos colillas y falsas perlas de coral esparcidas por todas partes. Nunca más salieron por la tele Varón y Varona.

A veces necesitamos una bofetada para reaccionar y seguir adelante.

3

Una es la vida que vivimos. Extraña y nostálgica es la sensación de haber vivido ya varias vidas en una, separándonos de nosotros mismos, de nuestros cuerpos y como por estaciones, diseccionándola; para finalmente ser de nuevo un pobre viajero desconocido en un nuevo blanco de invierno. Empezar de nuevo.

El tacto del aire de un lugar ya frecuentado, de familiaridad desconocida, se vuelve incierto; a sabiendas que más que el cambio amable o no de un lugar y su entorno, la transformación verdadera se ha dado en el aire que habita justo dentro de nuestro cuerpo, en nuestros alvéolos. La vida sigue siendo una, ¿verdad?, eso dicen. Para qué buscar otra. Una es la vida y solo una.

Cuatro estaciones, tres turnos, y dos nuevos clientes que son ya pareja. Un día por delante y muchas vidas en una. Desean una habitación y otro nuevo viaje. Buscar y encontrar, desesperadamente perdidos en la luz que da la oscuridad de lo desconocido; la verdadera luz.

La pareja inesperada es vulnerable e indolente hasta parecerlo. Habla él muy bajo, a soplos, como no queriendo romper el ruido de los huéspedes del resto del hotel. Ella solo sonríe consciente de la claridad celeste que se regala a las diez de la mañana en esta parte del mundo, deseosa de la oscuridad tranquila que busca su alma.

«¡Vaya pintas!», fugaz pensamiento, «Houston, tenemos un problema». Sin pensar, dispara recepcionista al aire… «Son ciento noventa euros la noche». «Ok», en inglés y en barco.

«El precio no importa, podría haber sido la luna»; todos lo piensan, todos de acuerdo, tira. Se entrega la llave de la 214; Houston, no hay vuelta atrás. Adelante.

«Algunos buscan sin saber qué encontrar, corren a ninguna parte huyendo de ellos mismos…», se dice, reflexivo, el recepcionista, mientras toma conciencia de que en la pantalla del ordenador se proyecta el reflejo de su mundana cara en ese mismo momento. «Paso y Nespresso, que solo llevo uno».

La pareja extrañamente feliz no muestra vulnerabilidad, sí clara decisión, viven el instante como único e irrepetible. Astronautas. Como en un viaje de plata por aguas placenteras, la pareja entra en la habitación que para ellos reluce en plena oscuridad. Encienden la tímida luz de la habitación con una tarjeta blanca tatuada con un 214 en negro.

«No puedo olvidarlo, 214», sale femenina la voz de una boca tenue.

Esa misma tímida luz se apaga de inmediato; sobra. Se hace tremenda su oscuridad de persiana. Deciden rápido partir a ese otro mundo desconocido encendiendo la mecha de sus mecheros y calentando la plata del mar de papel que creen tener en sus manos. El viaje cruza los cinco océanos. No se enciende ninguna luz dentro de la habitación, es pura ingravidez encima de dos colchones. Supernova engañosa de papel, ¿eres real?

Seis las llamadas de la gobernanta a la puerta al día siguiente. La hora del *check out* se ha sobrepasado siete constelaciones. Finalmente salen de la habitación sin pisar el suelo, cruzan la recepción en barca, vivos en muerte.

El aire dentro ya no es aire, es un disparo de humo; los colchones empapados en orina explotan al abrirse la cortina del triste balconcillo inutilizado.

«Fue un viaje de plata», dice la gobernanta, cabreada y concisa.

El recepcionista, en un nuevo día y tras otro nuevo Nespresso, observa inquieto las cámaras de vigilancia atentamente; tras ellas contempla impávido cómo dos ánimas flotan con la luna entre los brazos.

Ocho son las fases que tiene la luna. La luna solo es una, como la vida.

4

Como una melodía sinuosa, camina firme y acompasada hasta la recepción, la belleza hecha rostro:

«Yo a ti te conozco», ella antes de dar las buenas tardes al recepcionista.

La melodía bañaba cada uno de sus pequeños gestos y el compás era sutilmente absoluto con el resto de la orquesta que allí residía; el sofá que ya a nadie deslumbra, el espejo asombrado, el bolígrafo torpe que no pinta, el jarrón de luto pasado de moda y las verdes plantas interiores con sus mínimos vaivenes suspendidos en el aire de octubre.

«Yo a ti te conozco, ¿me equivoco?».

De no ser porque el recepcionista se quedó mudo, este hubiera hablado, pero se quedó mudo y no habló, ¿sobran palabras? No quiso ella romper el cálido y amable ambiente de octubre que reinaba, ni romperle la cara con tan solo mencionar la carta de amor que un día él le había escrito con tan poca delicadeza.

Sin más que esas dos frases gemelas, ella tomó las llaves de la habitación 214 y cruzó el inmenso río de melancolía que había creado en tan solo dos minutos, quizás tres.

Solo una vieja carta de amor indigesta puede romper una tarde calma de ciénaga salada. El recepcionista se ahoga y exhala, mientras la armonía sale en forma de perfume por la rendija de la puerta de una habitación donde se mueve en bolas un antiguo amor. Se sigue mudo aunque se piensa, así que el recepcionista echó más madera a la locomotora en llamas de su imaginación. Recrear lo que nunca existió y crear hermosos paisajes nuevos entre las nubes de una ventana de vagón callado por no desentonar. Desentonar en octubre. Sabía bien que ya todo había acabado hacía mucho. ¿Acabado? Quizás no; ¿puede acabar lo que nunca empezó? Quizás sí.

Ya son fechas en un hotel del sur que no son fechas, aunque lo son, sobran semanas. Un tiempo quieto y honesto donde solo el pequeño vaivén de plantas mueve su corazón, así que son pocos los clientes que se esperan y más los que se desean perder de vista. Pequeñas estancias regateadas al amparo de la misma plácida quietud, torpes desencuentros de amantes que nunca se quisieron, comerciantes que buscan oro en la hojalata, en un lugar ya resacoso de verano.

El recepcionista inhala. Un perfume baja con suma delicadeza ahora por las escaleras en forma de melodía de Bill Evans, que resuena y resuena ya por todos los rincones del hotel a modo de altavoz.

En un arrebato desentonado, después de varias horas de preguntas mil veces no contestadas, el recepcionista mudo, conocido y en llamas, le echa bemoles al asunto y exhala de nuevo; sube decidido a la habitación, dispuesto a romper toda la atmósfera del delicado concierto de Evans en bolas, con tres golpes de tambor que perdidos suenan en el tiempo.

«Pum, pum y pum...», llama a la 214. Silencio de corchea, silencio y silencio, ¿sobró el tercero?

Nadie nunca abrió tras el silencio eterno; como nunca nadie contestó aquella carta de amor fuera de compás a deshora.

Yo a ti te conozco, octubre.

5

Puedes venir de poniente o levante o de cualquier parte o ninguna. Carmen viene de Solana de los Barros, pequeño pueblo de Badajoz que quizás jamás algún día nunca conozcas. Se trajo a cuestas a hermana querida del alma, novio de hermana odiado del alma y amiga que no se supo si tenía alma o la escondía dentro del bolso. Todos a cuestas, todos invitados por Carmen, todos cuesta abajo desde Solana de los Barros.

Reserva dudosa; es reserva que no se si sabe si vienen finalmente dos personas, tres personas, cuatro personas… Se sabe que vienen personas, pero no importa, «luego te digo». Finalmente eran cuatro personas, que ya son personajes una vez escritos.

Carmen era pequeña como su pueblo, joven como el siglo y, según se autodefinía, era «autónoma *curranta*» que merecía unas buenas vacaciones. Finalmente, dos habitaciones y cuatros personas, 213 y 214, el precio no importa, los días…

«Luego te digo».

Una semana al final; pago a la entrada, el desayuno y la cena la tenemos incluida ¿verdad? y ¿el almuerzo?, bueno no importa…

«Luego te lo digo. Cóbrate, *please*».

Hay ganas de juerga la primera tarde en la panda solana; buscan al joven empleado jardinero del mismo siglo, en busca de otra hierba distinta que cortar. No hay éxito, pero no importa. El levante en el sur del sur salta, no nace, no aflora, no sale, no aparece, ¡salta!, como un atleta olímpico. Y así se levantó el primer día de Carmen en el sur, con salto de pértiga de un levantazo de aúpa.

«No importa, vamos a la playa». Todo es relativo, venimos de vuelta, no hay Dios.

¿Dios existe?, qué importa si así lo crees. Mear en la calle, perder la razón, el reloj o el tiempo, la vida ¡qué importa!… Creer ganarla o perderla del todo, a quién le va a importar. Somos polvo… No quiero un concierto a modo de despedida —dijo Mozart—, donde todos me aplaudan y me admiren, donde se me vanaglorie, porque a quién le va a importar cuando ya no esté. Relatividad, oiga, no somos Mozart.

La hermanita del alma y su novio no salen de la habitación; fornican, qué se le va a hacer si están en la edad.

Carmen echa de menos a su hermana, imaginó que los churros con chocolate los compartiría dulcemente con ella en cada desayuno sureño, como cuando niñas. A ella le gustan con azúcar.

«Mi hermana está ciega. ¡Gilipollas! Los tengo yo que mantener, tócate los cojones. Cóbrate los churros y los cócteles de anoche, *please*; por cierto, están muy ricos, ¿cuánto valen? No importa. Se pasan todo el día follando sin más, ¡qué carnicería!, no sé qué harán por la noche»; sin embargo, obviamente lo sabe.

Su tímida y escurridiza amiga se sonroja y se ríe y, de nuevo, guarda discretamente su opinión en el bolso. Carmen pega otro nuevo tarjetazo que sale del bolso de su amiga sin alma. La tarjeta tampoco tiene alma.

Es muy difícil, no imposible, mantenerse en la cuerda de la mentira, del fraude o del engaño. Carmen lo hace a duras penas, quiere a su hermana del alma pero está a punto de matarla. No soporta los churros sin alma, ni al novio carnicero, ladrón de su hermana. La capacidad de autoengaño es increíblemente inmensa, pero finita. Desespera sin azúcar. Su cara ya contradice a sus palabras, su pequeño cuerpo se retuerce errante y su tono de voz no mide la audiencia.

Al salir su hermana de la habitación con cara de somos polvo y en polvo nos convertiremos, amén, Carmen pierde el equilibrio en su cuerda y cae al vacío. La agarra del cuello, la tira al suelo y la arrastra de los pelos hasta llegar al ascensor. Dentro, el combate continúa intenso hasta la planta subterránea. Se escuchan los golpes. *Underground,* el mundo te pisa.

El novio parásito tira la toalla cansado y quizás satisfecho, pero con decisión lo deja claro: «yo me voy a casa». Con estas y un levante olímpico, el cuarteto en pleno y por separado toma la misma decisión, ¡qué remedio!, suyo es el coche.

«Nos vamos, lo siento, el dinero no se devuelve, ¿verdad?, no importa». ¿A quién le va a importar?

Diecisiete días pasan y el hotel recibe una llamada. Una señora amable y educada se identifica; informa que tiene numerosos cargos en su VISA oro, que le han robado en su pequeño y plácido pueblo; dónde vamos a parar.

La mentira, el engaño y las tarjetas de crédito siempre tienen fecha de caducidad.

«Bueno, en realidad me robaron el bolso y también el alma, pero eso a usted no le importa, ¿verdad?».

6

Es difícil encontrar el hogar allí donde uno es un desconocido, un viajero, una sombra en un pasillo, un número de tarjeta. Pese a todo, en una habitación de hotel «cuando nadie me ve», que diría la canción, florece, no pocas veces, ese otro yo profundamente oscuro que todos tenemos semienterrado y que anda perdido de agua y tierra. Una vida por vivir; estoy cansado.

La 214 y alguna otra habitación prima, suele ser para viajantes, comerciantes, vendedores de humo y tornillos; así lo marcan las reglas no escritas, que son las mejores. Vacía de hogar y repleta de vidas no vividas, calla la habitación; don celestial.

Nuestro Marcos de turno, que da igual si vende tornillos o pianos chinos; guarda la cabeza bajo los hombros y pide la habitación de siempre, y lo hace como siempre. Se le da sin más, agacha la cabeza y se desata la corbata de las ocho y media de la tarde, que ya es hora y ahoga. Se sube a la nube de un hotel, por el wifi no hace falta preguntar, la contraseña está guardada en la danza de su móvil, cargado a tope con ganas de descargase. Descargarse de todo.

Perdido en la luz del escritorio de la habitación, se desviste de él mismo; se desnuda de lo demás y se ducha liberado de mierda. Pone su música, canta libre después de haber vendido nada a nadie. Algo a alguien. Enchufa el móvil al ordenador, el ordenador a la tele y la tele a su cerebro desconectado. Lo quiero todo y ya. Busca entre sus webs porno preferidas, aquel vídeo que le prenda en llamas hasta los tornillos; y los tornillos se prenden.

Pizza barbacoa familiar para la 214 al cabo de una hora. La familia es uno mismo.

«Se va a poner hasta la cejas», comentan recepcionista y repartidor de casco perenne.

Una hora más tarde no es tarde, y el oficio más antiguo del mundo, se filtra entre las estrellas de un martes y la escayola desmontable de un hotel, hasta encontrar a un Marcos que nadie conoce, excepto la habitación de un hotel cualquiera. Míranos juntos, hacemos buena pareja; una combinación perfecta en un mundo desequilibrado lleno de tornillos. Honestidad de ser uno mismo, equilibrio entre susurros que sonríen a precio; no sé dónde perdí la cordura o las gafas. Parece como si fuese yo, esto lo he vivido antes.

A la mañana siguiente y aún de noche, Marcos se ducha de nuevo, se afeita apurado Gillette, mientras escucha las noticias de la radio. Se busca torpe entre su propia ropa y se viste de gente. Se mira al espejo como cada día, «hoy va ser un gran día», que diría otra canción; mientras termina de colocarse la misma corbata, hoy ya de miércoles.

La habitación medio recogida, como le enseñaron, luce sin luz; educado, da los buenos días al personal del hotel que bien conoce; y agacha de nuevo la cabeza en busca de un cortado descafeinado con sacarina y de un mundo necesitado de tornillos, neumáticos y cortinas nuevas.

Un mundo este, necesitado de todo y de nada.

7

Mirar atrás no es mirar, es recordar. Recordar no es recordar, es recrear. Recrear es crear de nuevo, acaso inventar. Inventar algo que ya existe no es inventar, es copiar. Copiar es mirar atrás. Y de nuevo hacia atrás. Bórralo todo, reléelo al revés o rompe con todo y empieza de nuevo. Pero no puedo borrar, no puedo romper porque ya he vivido y ya he escrito mis renglones. Tendría que nacer de nuevo, lo cual parece improbable. Otra cosa es renacer, nacer por segunda vez, nacer a los treinta y dos, a los cincuenta y cinco o a los setenta. Morir a los treinta y dos, a los cincuenta y cinco o a los setenta. ¿Acaso vivir?

Tracy murió y nació de nuevo en el sur del sur a los cincuenta y cinco años. Vivía a los cincuenta y cinco años. Una bofetada de vida y de muerte le sonrojó sus dulces mejillas inglesas, mientras compraba una barra de pan en la cafetería del hotel. ¡Sí!, sales a comprar el pan un miércoles plácidamente, para hacer tostadas; te comes el pico calentito que asoma dentro de su bolsa, ascensor en busca de tu habitación; te miras en el espejo de dentro y compruebas que todo está es su sitio; vuelves a pellizcar el pan mientras sigues subiendo.

«No debería comerme el pan a pellizcos. No debería pensar tanto, me dice siempre Harry». Respira...

Al entrar de nuevo aquella mañana en su habitación; contempló a todo color del sur del sur, cómo su marido Harry se tiraba por la ventana de la habitación al vacío. No hubo gritos, no hubo muerte ni vida, o ambas a la vez. Una misma cosa.

Todo el mundo habla de lo mismo en el hotel. Ambulancia, balcones y humo. Se recrean y se inventan los detalles. La sangre llega al río, al husillo. «El inglés es escritor». Todo el mundo habla de lo mismo mientras pasea. Bocadillos que hablan de lo mismo; los hijos, los hijos de los hijos, hermanos y hermanas y amigos que ya no son amigos y maridos y mujeres y viceversa. Se parla sin fundamento, se miente. Se mira con nostalgia una barra de pan crujiente recién salida del horno, pero ya no es lo mismo.

Mauri contempla tranquilo toda la escena. Él sí sabe. Mauri es el gato del hotel. Mauri no habla.

Harry; el marido contemplativo que buscaba un *break* en España, que le enseñara de nuevo a respirar; no había decidido morir en España y no murió. La altura del segundo piso del pequeño hotel no se lo permitió. Respiró. Eso sí, extremidades y pelvis fracturadas, grave lesión cerebral, que dañaba aún más su corazón; acaso su cerebro. Ese fue el diagnóstico.

No pudo esperar tan siquiera a que llegara el pan caliente del horno, ni comerse de nuevo la tostada con mermelada de fresa de siempre. Sales a comprar el pan y la vida te da una bofetada de vida y de muerte.

Aquella imagen de Harry derramado en el suelo, desangrándose en el patio del pequeño hotel, no es fácil de olvidar; pero se olvida.

Mirar atrás no es recordar. Es difícil desde entonces volver a pellizcar una barra de pan. Recordar no es recrear. ¿Acaso sentir?

Nacer de nuevo es morir un poco, y al revés. Aquel día en el hotel, todos nacieron y murieron un poco alrededor de la encantadora pareja inglesa. Respiraron… Y nació de nuevo Harry y murió un poco Tracy, y al revés. Y aunque no es fácil olvidarlo, finalmente se olvida; acaso se vive y se sigue escribiendo.

8

Su primera reacción ante aquella situación tan desagradable e inesperada fue huir, correr lejos, escapar. Una escapada relámpago con 20 % de descuento que no existía como tal, pero que su móvil insistía en insistir cada mañana. Oscuridad del amanecer temprano de ciudad. Se escapa el preso de la jaula, el pájaro de la celda y el ciclista del pelotón. Se vive por delante, se corre sin pensar, se corre lejos y se corre rápido. Se huye. La gasolina está por las nubes y llover no llueve.

«No entiendo».

La idea primigenia había sido las islas tailandesas, pero finalmente la cosa de coger un avión después de un infarto de miocardio no le pareció conveniente a Miguelón y se quedó en el sur de su país, con un 20 % de descuento que no existía, pero que convencía firmemente a su conciencia y del que podía presumir a los amigos llegado el momento.

«No me gusta conducir, tengo que cambiar de coche, es un trasto viejo». Abre la ventanilla y toma aire. Se respira asfixiante soledad de campos abiertos y secos. Por qué.

No es el hotel de las fotos de sus sueños, pero bueno, es una escapada. Una escapada sin destino, que pueda bañarse de sal y regarse de vino. Vino fino del sur, ¡qué vino! La habitación no está mal, Miguelón.

Esta vez no te vas a morir, le dijo el médico bajo la blanca luz de la UCI; pero cambie de aires. «Tengo que cambiar de aires. ¿Este aire es normal aquí?».

El recepcionista asiente impávido con la cabeza.

Fueron ciento veinte euros de gasolina, más de lo que pensé. La 214 no es definitivamente la foto que necesito colgar en redes. Me gustaría cambiar de habitación, la verdad. Tengo que cambiar de habitación y de aires. Y de coche. Dejar de fumar, cambiar de aires, navegar de pulmones y encharcamiento de sol.

A Miguelón le cambian de habitación *chimpón*, y se siente satisfecho y orgulloso de sí mismo; del empuje y coraje de su instinto animal de siempre. Donde pago cago. A ver qué hago ahora.

Mi mujer me dejó.

Cambiar de aires, comprar tabaco junto al hotel en un navegar de pulmones, cruce de caminos bajo un mismo cielo abierto. Escapar al azul, escapar al mar pero escapar. Es una pena que duele, no poder compartir un cielo tan azul con alguien que lo mire como uno lo mira, sin filtros, sin aviones. Compartirlo con Mar. La vida vuela rápida y uno cae sin paracaídas del cielo azul y se ahoga con los pulmones encharcados de orgullo y reforzado de razones convincentes que tienen razón. Cuando uno tiene razón la tiene y le cambian la habitación, ¿no es así?

No sé qué hago aquí solo en medio de este azul abierto de sal. Mar, por primera vez siento que eres un regalo caído del cielo. Escuece la sal y la pena y la razón cargada de razones. Los negocios me van bien, se consuela. Se derrumba mientras, incesante, resuena la Mar.

Miguelón pide un vino de la tierra en medio del mar y contempla solo cómo se le cae el cielo encima y cómo se le ahoga el aliento. Vino fino de la tierra, ¡qué vino! Mi mujer se llamaba… bueno, se llama Mar, ¿sabe usted? Nunca entendí lo que me quiso decir aquella vez. Quizás nunca preste suficiente atención. El vino tiene que estar mucho más frío ¿sabe usted? En fin, el pasado, pasado es, ¿no es así? Dónde estará.

Caída la noche y roto el azul. La cara de Mar se dibuja en casi cualquier contorno abierto, y su corazón maltrecho de infartos y razones lo nota. El vino se nota, maldito vino del sur. Debería cambiar de aires. El hotel, estando donde siempre, no aparece, mierda de descuento. Mar amargo en un romper de olas que suenan en la oscuridad perdida de la noche. Soledad de hotel. Tras cruzar la puerta de la recepción del hotel perdido, se dirige a su habitación. La llave de la habitación no abre.

Mierda.

El recepcionista le recuerda sarcástico que la 214 no es su habitación. Ahora tiene vistas al mar, como usted exigió esta mañana.

Duele el pecho un poco, se suspira un aliento profundo. No puedo discutir... no quiero. ¿Dónde respirarán los aires de mi Mar?

9

Ser la persona que a uno le gustaría ser no es tarea fácil, debía decir Fernando cada mañana frente al espejo, mientras modulaba su flequillo ridículamente teñido. Mientras tanto su mujer dormía a pierna suelta sin más sábanas que su piel fina al otro lado de la habitación sureña. Aun estando de vacaciones, su autodisciplina impuesta era muy estricta; ocho kilómetros de *running* mañanero en ayunas, tonificación muscular posterior, estiramientos frente a la piscina y, por supuesto, ejercicios de respiración torácica, combinado con cierta arte marcial en desuso. No postergar, no pensar demasiado, actuar. Y seguir actuando.

Mónica, sin embargo, no pensaba del todo, no hacía falta. No postergaba, pues. No pesaba su madrileño cuerpo cada mañana al despertar, ni tampoco pesaba cada alimento que ingería en una ridícula báscula sin flequillo teñido. Estaba y vivía, con eso le bastaba. No se hacía preguntas, si surgían no trataba de resolverlas. Respiraba y andaba.

¿Qué vamos a comer hoy?, no sé, algo. ¿Judías verdes con cebolla o prefieres salir de paseo? Joder. No empecemos. Pues ya hemos empezado.

La curiosa pareja llevaba una vida forzosamente equilibrada. Fernando hacía su vida, la suya, y Mónica la suya propia; además compartían colchón, o al menos eso pareció durante los doce calurosos días de julio que vivieron en la habitación 214. Él y su flequillo perfectamente teñido eran la misma cosa, un ejemplo de mostrarle al mundo que se podía ser rubio castaño a los cuarenta y tres; con más tabletas y guapo que a los quince, si cabe… y todo, tan solo, llevando los correctos hábitos correctamente planificados, correctamente organizados y correctamente ejecutados.

Doce días son muchos días y el doce es un todo, la unidad. Ella desenfadada con ella misma y su peinado, y con el mundo si me preguntas, y si no me preguntas con nadie. Melena ensortijada con descuido no fingido; serena calma y relajado su cuerpo, en paz con los días, si eso significa algo; desprendida de cualquier nudo, diríase que libre.

Dos caras de una misma pareja, un todo, el mundo mismo reducido.

De una, la lucha por organizar el negro cosmos estrellado de uno mismo; constante recelo de ordenar lo caótico; a riendas y en busca de una armoniosa complejidad. Actuando.

De otra, elogio a lo cotidiano y lo simple, aire y pan, existir animal sin más, esencia y sosiego, navegar a merced como hoja en el fresco río de un caluroso verano. Estar.

Chiringuito y pescadito frito, y cervecita fría, apetece. Ya… pero sabes que no puedo. ¿Y qué puedes? Ya te lo he dicho antes. ¡Pues a ver!

Silencio y a seguir mientras cada uno se desplaza y se mueve por su lado opuesto del universo. Equilibrio establecido y forzado o simple y natural equilibrio. Silencio y guerra fría cada día, tres días, los tres primeros, y así los doce días enteros. Paz calurosa si prefieres. Ola de calor finalmente y cerveza bien fría para la señora, un vaso con hielo para el caballero. De comer, boquerones y puntillitas por aquí y ensalada fresca sin las aceitunas negras por acá.

Me llevo esto, que aproveche. Y a seguir.

Doce días son mucho, un todo y después del todo nada. *Check out* a las doce, marca del hotel. Las maletas de vuelta siempre engordan.

Doce días son mucho. Fernando tiene todo lo suyo obviamente dispuesto; sin mediar palabra, abre la puerta de la habitación a las doce menos un minuto. Mónica sin energía no encuentra el cargador de su móvil, además no puede cerrar su maleta.

De pronto sus labios tiemblan y lloran desconsoladamente al romper la cremallera de la maleta que no cierra. Llora y rompe definitivamente su paz. Se abre la tierra de par en par y se cierra por inercia de nuevo la puerta de la habitación 214.

¿Qué es lo que está pasando? Estoy embarazada. ¡No me jodas!

10

Abandona la pareja, ahora impar de tres, el pequeño y azul hotel.

Mientras, se cruzan con otra pareja, con un par de nonagenarias razones más un chofer. Me llevo una.

Un «No me jodas», puede encerrar mucho. Lo que más encierra no es el verbo joder, sino el «me». Primero yo, después yo, y después, otra vez yo.

No me jodas, Antonio.

Un yo y mis santas razones pueden durar siglos, más de dos vidas, dos vidas más lápida de mármol y chofer. Me llevo dos.

Antonia, Toño y Toni son pareja de tres, matrimonio más «chófer-hijo» a sueldo. Me llevo tres. Tener hijos para esto; ¡no me jodas!

«Usted me cambia de habitación pero ya. Yo quiero planta baja. Además, no limpiaron bien las lágrimas de cremallera rota en el suelo de la 214».

Antonia tiene poderío de Augusto Emperador romano. Su marido Toño, que perdió las barbas en el circo hace siglos, no lo discute porque siempre pierde al juego de ganar; aunque, aun en silencio resignado, lo sufre como un niño en su silla de ruedas.

Su inútil «chófer-hijo» Toni, novecientos noventa euros mes en mano, los trajo esta vez al sur del sur. Visitan esta vez a uno de los otros cinco hijos escondidos, perdidos por el mapa ibérico de bellota y recebo.

«A este hijo mío descastado le dio por el mar siendo de Fonsagrada, tiene narices la cosa, encajarse en este valle salinero».

A los noventa y dos años de Antonia, se pueden tener las mismas sensaciones que a los cuarenta; creyendo ciertamente que es algo bueno lo que se ha cultivado. Teoría barata de mente cerrada.

Refresca demasiado por las tardes noche, mientras un agujero púrpura apocalíptico parece abrirse en el horizonte de atardecer infinito. Martín, el hijo enamorado del mar, aparece por la terraza del hotel, como brotando de ese inmenso agujero hipnótico. Viene vestido de mar, zambullido en él; bañador y chanclas que chocan a compás con sus talones, camiseta vieja de cuellos roídos por sal de barco; desligado de cualquier inquietud terrenal, convertido en sí mismo.

No es el polluelo abogado que podría haber sido. Antonia, frustrada, masca letra tras la aparición de la forzada visita.

Tanta universidad para esto, con el dineral que se gastó su padre en Madrid.

Toni, «hijo-chófer», leve abrazo fingido y forzado a su hermano. Martín marino se ríe, y lo primero que pronuncia es: «¿Por qué llevas calcetines?»; pregunta directa y sin dobleces, a su triste y amargado hermano, preso de sí mismo.

Toni, «hijo-chófer» egoísta, con calcetines Calvin Klein y sueldo familiar a guita, grita en silencio, «Yo no aguanto más esta maldita situación, no aguanto más y no se me mueren... y yo me muero...». No me jodas, Martín.

La terraza del hotel rezuma paz y fresco; se está a pocos pies del mar viejo desembarcado. Allí cuatro gatos descansan; un corte helado de familia. Chocolate, fresa y nata. Se mira tras la terraza y se ven pinos y destellos de plata. Un horizonte no del todo definido, perdido, difuso, pero siempre inspirador mirar de terraza. Reflejos en ese mirar de terraza blanca de uno mismo, lo que cada uno es y lo que podría haber sido. Remolino de viento de terraza que todo lo trae y todo lo lleva. Quién soy, quién me gustaría ser... terraza blanca de toscos ladrillos.

En la retina llorosa del Toño, se cuela polen de pino; no le deja ver a su querido Martín. Pero el viejo todo lo siente, nada se dice sabiendo que a veces se pierde.

Es un exterior de terraza fresca de sensaciones internas. Un confesionario a solas acompañado.

Y allí están los cuatro gatos de terraza, viendo pasar sus vidas, sin que nada trascendental realmente ocurra. Antonia que se va a morir con las mismas frustraciones que a los cuarenta; Toño, que aprendió que a menudo se pierde; Toni, «hijo-chófer» inútil, curandero de nadie, víctima de él mismo… y su hermano Martín.

Una vida sin calcetines, en un rincón justo centro de nada.

II

Dos ángeles y alegres amigas asturianas traen la frescura del norte en la sonrisa. Hay ganas de pasarlo bien y de estar por estar, conociendo el corazón caliente del sur y sus gentes. No importa el plan trazado, se hace un plan para no parar de romperlo. De eso trata su frescura, de ser libres yendo y viniendo, entrando y saliendo. A veces toman la dirección equivocada y recorren dos veces el mismo camino; pagan de más ¡qué más da! Hay dinero y tiempo. Han decidido pasar un poco de todo por unos días y sobre todo pasar de planes internautas encorsetados de otros.

Hablan mucho y ríen más. Conversaciones a quemarropa con personal de hotel con necesidad de risa fresca compartida. Preguntan sin tapujos por tapas, calas, playas, bares y hombres.

¡Muchachada!

Cuando se es libre se abre y se entrega el corazón cual niño curioso, sin miedo a tropezar o caer, no conocen, no opinan y si opinan que más da, seguramente sea la verdad.

Las chicas del bar del hotel ríen con ellas, se cambiarían por ellas, se desviven por ellas. La alegría es contagiosa, como la pena. Hacen migas y casi pan entre ellas y se invita a café expreso caliente. El recepcionista todo lo contempla de oficio.

Cecilia, avispada, está enamorada del hombre del sur sin conocerlo. Le gusta el acento ceceante de espalda morena y ancha, candidez inocente de gente sencilla; se dice convencida de su astucia asturiana. Las chicas hablan de hombres y ríen y sueltan tiernas carcajadas que solo ellas entienden. ¡Muchachada!

En la playa, gorro de mimbre y *topless*, que para algo se inventó un día el Edén; carreras a la espuma de una orilla desbordada de olas que vienen y van. Toallas, sol y cerveza.

Los corazones abiertos se atraen como polos opuestos, y muy pronto ríen sin nubes, con cuatro mozuelos de zeta cerrada. No cuaja ninguno y a otra cosa.

En el hotel, de vuelta, cada día más café de carcajada caliente compartida con personal. «Son encantadoras», resuena por los pasillos del hotel entre las propias camareras de piso.

Todo está bien, pero Cecilia se resiente avispada, no liga en la noche de bares ni en el día de playa.

Quiero que me roben el corazón; anda mujer.

En su última noche ambas deciden desembocar maduras en la terraza fresca del hotel y tomar una copa tranquila postrera, repasando fotos y momentos. Son las doce y media y se hacen mayores. Frente a Cecilia, pasa caminando un notable y extraño sujeto vestido de moderno, con aires intrigantes. Tiene esa habla que tanto gusta a Cecilia, gorra de gorrón y pinta de normal. Suena *bossa nova* en la terraza y todo fluye sin más. Se hace querer y ríen los tres, e intercambian eses por zetas. La noche es joven y Cecilia decide quedarse con él.

Su amiga, desprendida, sube a la habitación 214 y deja espacio al espacio, que ambos han creado en el Edén de la noche cansada. Cecilia suena bien en el sur, no tiene eses, «encantadora Cecilia».

La cosa, tras un rato de risas, se pone pronto de hormonas y Cecilia sube impulsiva a la habitación para pedirle más espacio a su amiga.

Tras convencerla, baja rápido a reencontrase con su espalda morena de camiseta estrecha, gorra negra y zeta cerrada.

Son segundos apenas los que tarda, pero de repente ya no suena *bossa nova* en la terraza, ya el gorrón de gorra, zorro de zorrón con «z», se había esfumado.

Su mesa luce completamente vacía. Quedó Cecilia sin móvil y sin su espalda morena de risas abiertas y zeta cerrada. Encantadora Cecilia, corazón blando y tierno de móvil robado.

La terraza del hotel quedó callada en silencio, huérfana de... muchachada.

12

Antes que el hombre, la madre naturaleza y antes que la palabra, el silencio. La mejor compañía no necesita del hombre, está en uno mismo, uno ya es compañía. Toma forma el tiempo sin saberlo, se asume honesto que no hay palabras para todo, y así se acepta silenciosamente el silencio del silencio. Se pisa la tierra y se vuela el cielo, y entre cielo y tierra, una inmensa minoría; monjes modernos, ascetas contemplativos, amos y conocedores de la nada que es el todo y viceversa.

Hoy todo se sabe, se baja del monte apartado del retiro, se flota partícula entre el cosmos, y estos modernos monjes se entremezclan entre hombres, mujeres y viceversa. Ya abrazan a la sociedad; generosos, desisten de la orden trapense que los ata. Ya rodando en bicicletas eléctricas, respetan la naturaleza. Ya bajan a los pies de sus dioses botines de marca, que no alpargatas, ya a las caquitas de sus canes de raza. ¡Guau!

Se sientan reflexivos en parques temáticos y reservan habitaciones en hoteles monásticos; minimalismo siempre en busca de una temperatura humana que se presume destemplada.

«La peor habitación, por favor», dijo únicamente y con la cabeza gacha al llegar al hotel. No era el suyo el ministerio de la palabra y pasaba el día en completo silencio. Ritual diario que situaba a Delfín del Amo, entre la tierra y el cielo. Cincuenta y tres añitos. Viaja libre y sólo en bicicleta, pelo cano, liso y medio largo, como su barba apostólica; buen aspecto reciclado, bien cuidado por el mismo, también por la naturaleza.

No había unos simples buenos días o unas buenas noches, tras bajar o subir de la habitación 214; solo un ligero inclinar de cabeza y una sonrisa enigmática que mostraba el dominio de sus sentimientos y el control de su sonrisa *profidén*. Paz y amor.

En el desayuno, tofú, seitán y semillas de chía; frutos secos y leche no leche.

La naturaleza y el silencio son el pasillo que lleva directamente a la gran estancia de la paz interior. Entre sus brazos siempre un pesado libro de muchas palabras, palabras que su cerebro bisoño quizás olvidaba, palabras desgastadas de viajar entre el silencio y que mil veces Delfín del Amo necesitaba repasar. ¿Existe el silencio entre palabras?

Las chicas del hotel, antes enamoradas de la frescura asturiana, se enamoraron pronto de la voz profunda no pronunciada de Delfín del Amo, monje maduro y apuesto, amo de su silencio y esclavo de palabras no pronunciadas. Sin pedir, recibía; sin exigir, todo lo tenía; sin buscar, encontraba y sin estar, estaba. Fluir, que todo lo puede y nada quiere. Fluir de hormigas entre las grietas, sol reparador y la rueda que gira.

Entre las empleadas del hotel no hay silencio, hay palabras pronunciadas una tras de otra. Mierda, café, joder, almendra, cigarro; buenos días y tortas de las monjas.

«Está bueno el monje, cabrón y mártir. El de la 214». La más descarada, que habla y habla, habla y detalla amable a Delfín del Amo, que no pregunta; cuán buena está la famosa torta de las madres Agustinas Recoletas; por eso de la orden y el silencio.

Delfín del Amo, que gusta de compartir su generosidad, esboza una sonrisa de agradecimiento y se desplaza en bicicleta eléctrica al convento, como vestido por el viento.

Entre sus brazos no vuelve al hotel con palabras desgastadas de pesado libro; sino con su silencio y su ligera cajita virginal de tortas angelicales blancas; celestiales manos las hicieron.

Balcón abierto sin mosquitera, en la noche de la habitación estrellada; deja pasar el aire y que fluya la naturaleza. Almendra y azúcar, luna llena y manos celestiales, hormigas entre las grietas y la rueda que gira.

Servicio de habitaciones, «toc, toc», con respuesta el silencio. Al abrir mañanero, la camarera de piso encuentra de rodillas postrado y religioso a Delfín Del

Amo, que sopla y sopla viento ante la famosa Torta de almendras, repleta de hormigas; en un último vano intento por salvarla.

«Su puta madre», se le oyó decir enérgico.

Así fue y así es. Simplemente entre, «La peor habitación, por favor» y un rotundo «Su puta madre», sólo hubo silencio eterno de palabras no pronunciadas, hormigas en la cabeza y la habitación 214. Sin mosquitera.

13

Es la temporada del pulpo en la zona. ¿Ahora? Siempre era la temporada del pulpo en la zona o eso creía ingenuo el recepcionista impávido del hotel. Dos hombretones de primera y luego otros dos de segunda, entran al hotel en busca de pulpo y de habitación. ¿Raro no? Bueno no tanto, efectivo y corre.

En el hotel el pulpo es congelado, ya ves, como los secretos. Los hombretones van ataviados con su polito negro ladrón de Pescadería Platino, pescadería de lujo de la zona. Si Hemingway hubiera visto a estos marineros entrar por el *hall* del hotel, nunca hubiera escrito aquel libro.

Los cuatro entran y los cuatro salen, como un banco de peces gordos negros de polito apretado y letras de platino. Atunes en el paraíso. Casi no se les entiende en el habla, monosílabos mal pronunciados, miradas al infinito de un suelo de Porcelanosa ahora plateado de mar en un rato de luna. No hay objeciones ni intercambios de opiniones, hay lo que hay, pulpo.

Sin ser ningún Sherlock, al recepcionista a primera vista no le parecieron expertos en el arte de la pesca de cefalópodos, más bien ladrones con tentáculos. Lo más sorprendente fue leer, platino sobre negro, el nombre de la pescadería en sus dorsales, Pescadería Platino.

¡Qué bueno está todo en Pescadería Platino! Mar y plata.

El pulpo a la gallega y el atún encebollado, piensa ya dormido el pánfilo recepcionista del turno de noche. ¿Me regaláis uno si os sobra? Se atreve a insinuar el recepcionista pánfilo al cuadrado, mientras los cuatro hombretones salen del hotel, bien caída la noche. Van a pescar, pesca y pulpo.

En el silencio de una noche de verano cantan los grillos a compás y con el calor, vuelan altos los pensamientos de un recepcionista pánfilo de hotel; son muchos los sueños por cumplir de una breve vida: viajar a Dublín, codearse con uno mismo a solas entre desconocidos y hacerse hueco entre la cerveza negra. En la noche, también negra y eterna de espera, a los grillos le redoblan sirenas de coma etílicos e infartos de miocardio en la carretera; aquello de santiguarse ya no funciona del todo para un joven que sueña. Dublín en la mente de un joven soñador en una noche cálida cualquiera del sur del sur. Temporada de pulpo y sueños. Los sueños, sueños son.

De repente, aparece uno de los hombretones pescadores por el hotel, con el fango hasta la cintura, corriendo en marisma, desencajado cual pulpo sin cabeza el pollo; mientras una joven sirena que no proviene del mar le sigue urgente sus pasos tropezados. La sirena que es nombre femenino no viene con cantos del Jardín de las Hespérides; grita violenta en la noche de nadie y su luz naranja mareona, se hace hueco entre todos los huecos del hotel. Es la brigada especial de estupefacientes que no sueña.

«¿Ha visto usted a un hombre corriendo con bolsas negras?», pregunta el agente al recepcionista de noche.

«Yo estaba en Dublín».

«Quédese ahí y no se mueva, este pánfilo es un punta colaborador, no hay duda».

Los rastros de fango fresco de marisma nocturna, no son el mejor de los rastros que se pueda dejar para la brigada, en una noche cálida cualquiera de verano del sur. Sin embargo, son un indicio claro que te gusta la pesca, piensa Dublín.

En uno de los arriates del pequeño hotel, la policía encontró un cubo grande negro vacío de pulpo y lleno de torpes aparejos. Algo más adelante y siguiendo el rastro de fresco fango de marisma, tres grandes bolsas con parte de un gran alijo de cocaína rosa soñado para pijos.

Seguir el fango, y claro hasta arriba. Llegar a la habitación 214 y salir uno de los hombretones recién duchados, ahora con la toalla a la cintura, como si acabara de llegar de un largo viaje, solo que la habitación estaba bañada en fango. Sutilezas.

«Usted también viene de Dublín ¿verdad?», entonó sarcástico el agente.

A la mañana siguiente todos soñaban en comisaría con un mundo mejor, como el poeta, incluido nuestro pánfilo recepcionista que felizmente nunca dejó de soñar; y sorprendentemente, aquella plácida y plateada mañana de verano, el pulpo fresco estaba en la famosa Pescadería Platino, más barato que nunca, 19.90 €/kg.

Mar y plata.

14

A veces dos almas gemelas coinciden en el espacio y en el tiempo, justo cuando ya se había perdido toda la fe en la religión y la esperanza en la ciencia. Pero así de caprichosos son los descafeinados de máquina con sacarina a cualquier hora del día para dos cincuentones bien conservados; entre aceite de oliva virgen extra el uno y potingues de L'Oreal la otra.

Alfonso dormía charlando, así que cuando despertaba cada mañana y bajaba al desayuno del hotel, 9 € por persona, seguía con la misma conversación que a solas llevaba manteniendo consigo mismo durante ocho horas. Sus temas eran variados: el toro de lidia, las corridas de toros y los toreros de hoy y de siempre. Un tema el taurino que a las chicas del hotel y al resto del respetable —como él mismo solía decir— le parecía manido y casposo.

Allá cada cual, qué se le va a hacer, «hay gente *pa to*», que diría el Gallo.

En sus formas caballerescas maestrantes, la dama tenía un lugar preeminente, cosa que paradójicamente esto parecía molestarles a las propias damas de su siglo. Adaptarse al medio es lo que hace el animal para garantizar la supervivencia, cosa esta, que no importaba mucho a Alfonso.

«Si no me he preocupado en nacer no me voy a preocupar en morir», sentenciaba, torero.

Christina tenía raíces de El Salvador por parte de madre y moriscas por parte de padre, así que la combinación genuina era interesante a los ojos de la ciencia y de cualquier hombre con un mínimo de testosterona; una belleza de esas singulares y extrañas imposibles de olvidar. En realidad, era tan francesa como la Notre Dame, ya que vivía desde que no existía en Niza. Solía sonreír cada mañana mostrando unos dientes que casi no le pertenecían, como de otra boca, prominentes y blancos encajados en una esbelta cara estrecha de desconocida diosa morena. Un simple y ligero *bonjour*, y toda la cafetería del pequeño hotel tornaba, entre los olores de café, a poniente fresco y justo para Alfonso se vestía el día entero soleado de manzana y oro de alamares.

Miró al cielo y se dijo: «¡échame un capote!».

«De dónde es usted si no es mucha la molestia, tengo la extraña sensación que la conozco de siempre».

«De Niza, ¿lo conoce usted?».

«En la plaza de Valle-Niza torea este sábado Joselete, un chaval que anda de muerte». «Perdone, de Niza en Francia, ¿lo conoce usted?».

«Ah, sí, claro, Niza…», pinchazo en hueso, cambio de tercio y sitio.

«Pues en Valle-Niza hay mucho aguacate ¿sabe usted?, como veo que le gusta tanto en su tostada, igual le interesa. De pecho ya, ¿me acompañaría usted? Es en la provincia de Málaga. Yo le puedo enseñar el mundo y, si quiere, de camino, a Joselete».

No sabía, ingenuo y valiente Alfonso, que el único mundo que él conocía fuera, quizás, el único que a ella le faltaba por conocer, y claro, le vino la inspiración y soltó solemne una parrafada aprendida de golpe:

«El toreo es, probablemente, la riqueza poética y vital mayor de España, increíblemente desaprovechada por los escritores y artistas, debido principalmente a una falsa educación pedagógica que nos han dado y que hemos sido los hombres de mi generación los primeros en rechazar. Creo que la de los toros es la fiesta más culta que hay hoy en el mundo. Es el drama puro, en el cual el español derrama sus mejores lágrimas y sus mejores bilis. Es el único sitio donde se va con la seguridad de ver la muerte rodeada de la más deslumbradora belleza».

«Te acompañaré a ver a Joselete», dijo sutilmente con esencia de mujer, mientras perdía la conciencia de lo vivido y su mirada en el horizonte verdoso del sur del sur.

Así de sencilla y de improvisada fue la primera conversación de estas dos almas gemelas aparentemente tan opuestas. Boina y montera. Ella, culta y silenciosa en varios idiomas, intrigada por la pasión del ser humano y sus sin razones, en busca de una felicidad que creía inexistente o acaso solo celestial. Él, encerrado en su propio mundo animal de nobles embestidas, de campo abierto y cigarro, donde no existían metáforas ni alegorías más allá de la pura verdad de los tiempos, el hambre y la gloria, la vida y la muerte. Oreja y rabo.

Tras volver al hotel la simpática, novata e inusual pareja aquel sábado noche, después del festival malagueño, debían decidir si dejar una de las habitaciones y unir sus leves destinos o seguir cada uno el suyo propio y soñar en habitaciones separadas. Decidir si definitivamente dejarse llevar y unir sus mundos naturalmente o seguir de espaldas a otras nuevas y desconocidas constelaciones, desunidos para siempre por un pasillo estrecho de estrellas infinitas.

Al salir del ascensor y tomar el descansillo que conducía a las distintas habitaciones, se paró el reloj.

«Ha sido horrible, Alfonso, debo ser honesta contigo, y siéndolo del todo, me cautivaron tus apasionadas palabras profundamente, pero la cruel carnicería que hemos visto esta tarde… no se puede entender jamás».

«Yo también seré honesto contigo; Joselete no estuvo mal con la capa, le falta colocación y temple, eso sí. Tiempo y sitio, ¿no es lo que todos necesitamos? Y siendo del todo honesto contigo, las palabras que te cautivaron no son mías, son del poeta».

«¿Qué poeta?». El único poeta.

15

Salirse uno con la suya. ¿Es eso una forma de ser o una simple manía adictiva? Siempre una tierra por conquistar cuando ya no hay tierras por conquistar. Granada o América. Joder, ¿de qué hablas? El café no está caliente, estoy aburrida, el hotel no está donde Mr. Internet decía. Capullo, no hay replica... Gano. Miedo a no quedarse detrás, ¿detrás de dónde? Detrás de mí misma. Es un domingo de mañana, déjame decirte.

Los domingos de mañana suelen ser ajetreados, salidas y entradas, entradas y salidas (*in and out*, que es más *cool*). Pero además tienen algo de año nuevo los domingos de mañana; temprano, la gente gira aún borracha de recogida, mientras el resto aún descansa entre sábanas calientes; la policía acecha tras la cercana rotonda del hotel para matarte finalmente de un disgusto; las gaviotas pasean por las aceras abandonadas de domingo, dadas de la mano y el pan ya no huele, porque no existe. El sol acaba de salir para entrar al hotel y saludar; da plácidamente unos nuevos y renacidos buenos días. *Morning*!

«Tenemos entrada hoy domingo», son las siete y cincuenta de la mañana, bonita mañana. «¿Podemos entrar ya a las habitaciones?». No hay un por favor.

«Sé que la entrada es a las doce, pero avisé de que llegaríamos muy temprano». Avisé, América por conquistar.

Nazaret se llama la recepcionista, Nazaret es atea, Nazaret «creo que no», cosas que pasan.

«Usted no comprende que hemos hecho un viaje de ocho horas como ocho templos egipcios, y que el desierto nos mató muertos y que queremos descansar en nuestra tumba».

¿Y? Batallas, ¿estoy en un sueño?, se dice Nazaret.

Cuando la amígdala, o cerebro de lagarto, está a cargo, se opera en modo de lucha o huida. Luchar sienta mejor que fracasar, conquistemos América.

«Tenemos el desayuno incluido, podemos desayunar hoy, ¿verdad?». Dos hermanas, dos maridos y un chorro de niños.

«Vaya horario alemán para los desayunos y comidas; somos españoles». No hay duda. Se avanza pulgada a pulgada, pie a pie.

Nazaret se tiñe el pelo de violeta y es atea.

Tienen que esperar, pero esperar es un fracaso, no hay rendimiento en una espera.

«Supongo que bañarnos en la piscina sí podremos, ¿verdad?, porque ¡vaya recibimiento nos dan ustedes!». No hay réplica y gano.

El domingo de mañana sigue siendo el último día de la semana o el primero, según quien. Dos hurracas hacen el amor en el parterre abandonado de domingo; se mira a solas en domingo en busca de algo nuevo que se siente en el aire; los cañones que retumban desde la otra orilla no bombean en domingo, los domingos no hay maniobras. Es un domingo de mañana, déjame decirte.

«Ya pueden entrar ustedes a las habitaciones», una hora fue la espera inesperada de rendimiento decreciente, quedar segundo es perder, economía y victoria.

«¡A buenas horas, mangas verdes! Quería preguntarle: si no hacemos todas las comidas que tenemos contratadas, ¿nos devuelven el dinero ustedes?». El gesto corporal no es de duda razonable, es de desafío. Provoco, descoloco y gano.

Nazaret atea se va poniendo de los nervios, se coge una cola.

«Somos siete, como siete jinetes, aunque en la reserva ponga seis, seis serpientes y sus cascabeles». Discutir para llevar la razón, ¿no es así?, no ganar es perder, perder es quedarse detrás, ¿detrás de quién?, de mí misma. No todo el mundo siente el domingo de mañana igual.

Personas que inundan con adrenalina de desafíos estériles, por adicción y rutina, por rendimiento y miedo. No quedar detrás. Son las mismas que bombean un corazón ancho y rojo deseoso de paz y desbordado de humanidad y niñez. No puede ser, sí puede ser. Granada o América. Joder, ¡palabras!

Nazaret es atea, no cree en el hombre, ni mucho menos en aquella estúpida mujer, se tiñe el pelo violeta, se rinde y deshace su cola. Justo en su renuncia, empieza a florecer y a creer en ella misma, y saca con su mano, su corazón de su boca y lo pone justo encima del mostrador de recepción que sangra a borbotones un domingo de mañana cualquiera. Se sincera y pierde.

«Yo, lo que de verdad deseo es que ustedes estén bien, y tengan una buena estancia y disfruten del sol y la playa, que seguro lo merecen y a eso vinieron». Siente Nazaret, que desangrándose todo se para, y todo empieza de nuevo y palpita de nuevo el domingo. Aquella estúpida mujer, sorprendida de corazón, busca el suyo perdido, y de inmediato deja de conquistar y de ser estúpida y serpiente.

Distracciones. Todo lo que queremos es un domingo de mañana, un renacer.

Fueron siete, los doce días que pasaron dos hermanas, dos maridos y un chorro de niños en el pequeño hotel, desde aquel domingo de mañana. Fueron humanos y niños, llegaron tarde, fueron amigos, se levantaron, fueron madres, charlaron, comieron juntos y perdieron las horas amables. Perdieron o ganaron, según quien.

Fue también un domingo de luz ingrávida, de esos de no estar en ninguna parte, cuando aquella mujer, dejó a su modo, una tarjeta azul que ponía:

«Nazaret, gracias por regalarme tu corazón».

16

Cada mañana a las siete y diecisiete, Salvador toma café cortado y se sienta solo en la terraza de la habitación 214. En realidad, no es terraza, es balconcillo; sólo se ve desde allí una minúscula parte del mundo. Son cuatro mañanas seguidas iguales, exactamente iguales; misma mesa, misma silla y mismo cigarrillo. Salvador se toma su café y su tiempo. Salvador contempla inmóvil el rumor de la mañana quieta. Salvador cruza su mirada con Cris cada mañana. Hace bruma y se empañan los cristales del mundo.

Cris es turno de mañana casi nunca, Cris es otra chica loca, Cris suele proyectar tras sus gafas su corazón de cristal. Cris tiene su alma cada día más grande.

«Ese puto tío, el de la 214, se pasa horas cada mañana en el balcón inmóvil. Ese puto tío está loco, no sé qué coño mira».

El comentario de Cris despierta la curiosidad del resto del personal; recepcionistas, camareras, limpiadoras. Se proyecta y vuela la imaginación como un ave.

«Salvador Santos se llama, vaya salvador y vaya puto santo».

Salvador se ha mostrado extremadamente discreto desde que llegó al hotel el pasado miércoles. Discreto, serio e introvertido hasta en el andar. Intriga su lentitud, casi quietud.

«De Alcobendas, Madrid, cincuenta y tres años, hijo de Julián y Carmen. Calle Melancolía».

Salvador Santos es un caballero de los que no quedan, Salvador no habla, no molesta, pero incomoda. ¡Joder, cómo somos! Quizás sea un sabio pensador. Mauri también lo observa inquieto desde abajo y calla.

«Este tío era el de la reserva de la semana pasada, el *no-show*, ¿te acuerdas? Salvador Santos. Apenas sale del hotel, va del balcón a la terraza, de café en café y de cigarro en cigarro. Siempre mirando al infinito y más allá, como perdido. Vete a saber qué coño hace aquí». Cris es de armas tomar, Cris tiene su alma cada día más grande y un corazón de fino cristal.

Salvador apenas da los buenos días o las buenas tardes; nimio sonido hondo acompañado de un ligero reclinar de cabeza, es suficiente para él. Está en lo suyo; está, que no es poco. Pasa horas contemplando la vida pasar justo frente de sí. Mira y remira con curiosidad, cómo las espátulas atraviesan vaporosas estelas de turbinas motoras. Es un peregrinaje la vida. Parece ser consciente de cada segundo que pasa. Fuma y se toca la barba rara vez. Contempla la puerta no puerta que conduce al fondo del mar. Medita. Salvador no está loco. ¿Qué le pasa a Salvador?

«La habitación la tiene como una patena», comenta la camarera de piso. Las elucubraciones de unos y otros crecen. En la mente creativa de Cris, cada mañana al cruzar la mirada con Salvador, sus teorías se multiplican por tres; mientras sus gafas se empañan de bruma. Elucubra.

«Este tío está loco, es de los que salen luego en el telediario de las tres, este nos mata a todos, tengo una hija, y un corazón de cristal. Mala espina, puto ducados».

De la nada se hace un mundo, un mundo dentro de una puerta, una puerta y un mundo que en realidad no existen. La realidad es no pensar. La puerta de la 214 está cerrada y dentro hay un mundo desconocido. Desde su balcón, Salvador contempla y huele un pino verde plagado de orugas, y entre las ramas del pino y las orugas, coches rojos que pasan sin cesar, y entre los cristales de los coches que pasan, corazones rotos de cristal y una puerta en el fondo que no existe y que finalmente conduce al mar.

«Le di la 214 porque venía solo y encima la semana pasada nos dejó tirados; que se joda Salvador».

Imaginar lo que nunca ocurrió. Vivir lo que no existe, encarcelado sin puerta a las puertas del mar.

Salvador fuma Ducados y la última mañana pide fuego y disculpas.

«Quisiera pediros disculpas, la semana pasada no pudimos finalmente venir, y no os avisé».

Quiso Salvador en estos extraños días sentir, mirar y oler lo que se suponía que iba a oler, mirar y sentir una semana antes con su hija Florentina, en un pequeño hotel del sur.

Fue un coche rojo, cerca de Alcobendas, recién partían sobre las siete y diecisiete de la mañana, el que cruzó vaporoso la línea continua de su destino. Se rompen las vidas, como se rompen los coches y los jarrones. Hacía bruma, los cristales estaban empañados; un segundo antes, padre e hija, felices, imaginaban cómo sería la habitación del pequeño hotel. Tras el violento impacto, el mundo se partió en dos; humo y miles de cristales rotos cruzaron su corazón.

«Florentina tenía su alma cada vez más grande. ¡Los hijos! Esa mañana aún no había tomado café».

17

Paula sigue teniendo redondos los ojos de Praga. Gorka la recuerda cada año cada vez. Gorka no es jesuita, pero como si lo fuera; no es de Vitoria y no se peina la rayita al lado, pero como si lo fuera; no sigue amando a Paula, pero como si no hubiese llovido en Praga desde entonces, la ama profundamente sin cambios.

Redondo de formas Gorka, como de otro tiempo, lleva bigote; «Bigotes» pudo ser su apodo, pero tampoco; no es un bigote de esos. No son tiempos de apodos tampoco. Maniático como de este tiempo hasta lo enfermo y risueño como el engaño, danza a sus anchas por el tiempo que le tocó vivir. Vive bien, se dice ahora.

«La tortilla siempre es con cebolla», liturgia diaria.

Paula no es su mujer, él no es su marido. No estamos en 1994; esto es un hecho.

Cada año, Gorka es más *fidelcliente* del pequeño hotel azul. Fidelidad de clientes azules; salivar de oreja del que hablan los gurús de ventas de las *rooms*; manidos y viejos runrún de siempre. Listos, siempre hubo. Sin cambios.

Gorka, todos los meses de junio, de cada año, llega al hotel con una nueva sobrina del brazo; sonrisa la misma, del que esconde algo en el bolsillo. ¿Se puede esconder una sobrina? Cama de matrimonio uno cincuenta, como siempre.

«Yo tengo estribor y ella el otro lado», manías.

Cambian las sobrinas y los atardeceres de junio a julio; son más redondos en junio, como los ojos de Paula.

La barra del bar de su ya hotel, su pequeño hotel, es su confesionario particular; no es cerrado, son nuevos tiempos; confesar sin confesar la verdad del todo. De rodillas, pero sin estarlo; a solas, pero rodeado; no estamos en 1994.

Las sobrinas de cada vez, quizás italianas, leen mucho y casi no hablan; ninfas itálicas tocando el arpa en junio y julio. Otro año, otra sobrina; y ese cambio también sin cambios. Paula en la retina de Praga, siempre de ojos redondos y azules, como el hotel.

«Buenorra que está la sobrina de este año», piensa el recepcionista sin pensar; el vaivén de caderas destroza la sombra del atardecer de junio sin quererlo.

«Está terminando las oposiciones de jueza…», miente Gorka en el confesionario sin madera. Así sea. Con Dios.

«Lo que más me gusta de mi hotel es que, aun siendo pequeño, aún no he repetido habitación. Me gustan los cambios», confiesa mintiendo una mañana de zumo de naranja exprimido.

Cada liturgia se repite lo mismo, y no aprende Gorka a no mentir. Siempre la 214, no hubo cambios. Rácano, mentiroso, siempre la habitación más barata, parece refunfuñar el gato.

«El zumo de naranja naturalmente natural», gloria bendita y esto es vida.

Piensa Gorka que el mundo no gira; si acaso giran sus pies y su bigote no bigote. Todos son idiotas a su alrededor. Piensa que en la evolución y el cambio está la semilla de la vida; hay que cambiar. ¡Hay que moverse!, y se toca el bigote. Estar parado es estar muerto y no se vive para morirse uno, se vive para vivir uno. Pero se tienen manías y no se cambia del todo.

«Los huevos con chistorra, vino tinto y más tardecito el vermut», y que Dios nos coja confesados.

Todos nos mentimos en cierta forma y todos somos idiotas. La sobrina opositora de junio se ríe, sincera italiana sin serlo; y como el gato, calla. La sobrina mayorcita de julio toca estilizada el arpa y refunfuña, también como el gato; «la verdad os hará libres».

Cómo cambia el mundo, ¿verdad? Todo ya es normal. Así sea. Ninfas tocando el arpa en verano, tatuajes de camareras profanas, confesionarios de mentiras abiertas, sobrinas de cama de matrimonio…

«¡Ahora cobráis el parking!».

Gorka termina casi siempre, y eso tampoco cambia con los años, desangrado en la sangre del tinto de verano, y sin confesar confiesa…

La habitación me recuerda a Paula, será el color de paredes o aquel jersey de rayas que llevaba en Praga. Paula era una amiga, fiel amiga de estudios. Redondos sus azules ojos como un halo de luna. ¡Ostias! Tuve miedo y no me lancé en aquel puente abierto de Praga. No fue nada más que eso. Eso fue y solo eso; en las orillas de 1994.

Paula no es su mujer, él no es su marido. No estamos en 1994; esto es un hecho.

«¡Ahora cobráis el parking y la Iglesia sin cambios!». Gorka, 2,14.

18

Visitar a un viejo amigo es visitarse a uno mismo de joven.

Ojo, que el hotel está congelado en estas fechas; son fechas de lluvia y de goteras, de viejas goteras y lluvias; las goteras son como los viejos amigos. Hielo en el suelo, viento en la terraza y mal de garganta; ten cuidado que, si resbalas, caes... y el hombro se parte por tres partes. El hombro, el amigo y el alma pues, por tres partes. La parte contratante.

Luisito es intenso, Luisito es pasional y le gusta la vida con el acelerador en el suelo. También ingenuo y torpe, ¡es ingenuo y torpe!, pasional ya se ha dicho. La vida se pisa como la uva.

Dejó rápido Lusito la maleta en su habitación tras llegar de otro tiempo. La 214 la suya. No la ojeó siquiera; gracias siquiera. La 214 es sólo eso, una habitación donde dormir. No sabe siquiera si dormirá en ella. Mucho por recordar, mucho por inventar y mucho que pisar. Martínez espera; es una vieja gotera.

«Ponme una uvita anda, que ya estoy en el sur».

Visita obligada al sur del sur, vamos allá, a su viejo amigo del alma, Martínez. Martínez es ya abogado, quién puñetas lo diría, «el Martínez abogado». Viejo hombro donde lloraban los viejos amores, que no eran amores, o los mejores amores. Martínez espera escuchar de nuevo, entre uvita y uvita, las mismas historias de colegiales de siempre; esta vez más exageradas todavía si cabe; más graciosas y gloriosas si cabe.

Luisito sabe contar historias, no tiene memoria; solo la memoria del corazón. «Ahora leo a Borges, quién lo diría».

No quedan Coronitas en el bar del hotel, ni limón; son fechas de goteras. Los dos viejos amigos toman y retoman historias y vino, vino e historias; nada echan de menos en la barra vacía del desangelado y gris hotel. Nada se echa de menos, ni siquiera el tiempo. Las viejas historias se recrean; son ya inmortales. Tampoco funciona la caldera en el hotel, se olvidaron del gasoil. No hay memoria y son fechas de goteras.

«Ponme otra uvita anda», Luisito a lo suyo, que es pisar, reír y reinventar viejas historias. Martínez se deja invitar, es rácano. Dos viejos amigos en la barra de un bar suelen aburrir a la humanidad.

«¿Te acuerdas de Laurita?, qué buena estaba». «¡Cómo no me voy a acordar!… ¡Si nunca pasó nada!».

Los dos viejos amigos, ahora mucho más viejos que hace una hora, más viejos que hace veinte años; salen del hotel dando campanazos de convento. Borges no se mantiene en la memoria, pero sí Laurita y las viejas canciones de otros tiempos de capeas de Colegio Mayor. El gris no acompaña; ni los años; ni el suelo mojado desangelado; ni el pueblo pequeño y rancio de calle larga, estrecha y sin memoria. Hace frío y no hay leña ni gasoil. Las líneas se hacen curvas y las curvas estrechas; muy estrechas las líneas.

«¡Qué estrechas son las mujeres de este pueblo!», se dice Luisito con media arroba de vino en la barriga. En su ancha galaxia, con el acelerador pisado a fondo, se arranca y canta una vieja canción que Martínez le había enseñado en tiempos remotos. Es selectiva la memoria, ¿no es cierto? Un grupo de chicas, de este tiempo de arrobas, se ven obligadas a parar ante tan lamentable espectáculo.

«Yo me enamoré de ti, por culpa de los carnavales…», entona sin entonar Luisito y toma del brazo a una de las chicas. La toma del brazo. Las líneas son muy estrechas en estos tiempos de arrobas, lluvia y suelos mojados. Caes y te partes el hombro. No eres inmortal.

Abrir y cerrar de ojos. En la oscuridad, una amplia galaxia inmortal; tras abrir los ojos se encuentra Luisito detenido, y siendo interrogado en el cuartel de la Guardia Civil; rancio cuartel de otros tiempos, olor a orina; la caliche se deshace entre miradas que matan. Está detenido Luisito.

«El DNI lo he dejado olvidado en la habitación del hotel. No recuerdo el nombre del hotel, no recuerdo la habitación, no tengo memoria», balbucea Luisito sin llorar aún, escondido en el cuello de su lobo marino. No es Proust; tiene el hombro y el alma rota.

«Encima, es gracioso usted; claro y no tiene memoria…».

Cambiaría toda su galaxia, Luisito, por estar ahora en aquella estúpida habitación de hotel; cambiaría todo por poder recordarla, por haberse detenido en los detalles más insignificantes; verde oliva son los *amenities* de baño; la 214 es la suya, primera planta; sin halos, ni espirales, ni estrellas.

«¡Martínez!, Martínez es mi viejo amigo; he venido a visitarlo, él le puede contar lo que ha pasado…»; pero Martínez ya no estaba; quizás ya no existía. Se estrechan las ventanas cada vez y cada vez, los barrotes del calabozo en las noches sin memoria son más estrechos.

Visitar a un viejo amigo es visitarse a uno mismo; pero ya uno no es el mismo y los Martínez son abogados.

Se olvidó de la 214; pero nunca olvidará la 214, ni aquel hotel del sur donde el Martínez dejó de serlo. Es selectiva la memoria; más aún, la memoria del corazón.

Mezcló Luisito amistades y tiempo, vino y cerveza, sur con norte, hotel y cuartel, celda y 214; mezcló anchas y luminosas galaxias con líneas muy finas de estrechas ventanas.

Mezcló lágrimas y orina.

19

«¿Qué tal?», se suele preguntar por no perder los modales entre los cambios de turno. «*Not bad*», se dicen por decir los compañeros discontinuos.

Intercambio de golpes. «No me encuentro bien hoy», dice el que entra; «qué se le va a hacer…», piensa el que sale.

Se sentía muy bien la vida hasta hace bien poco, atiborrándose uno hasta la muerte por los bares y restaurantes baratos de playa. Juventud una, borracheras unas cuantas. Hasta hace bien poco, éramos unos críos. Justo a las doce, hace un rato éramos jóvenes. Todo empieza y tiene su final, y está bien así, ¡qué si no!, ¿la eternidad? Bajan los latidos de intensidad con la edad, desde lo más vibrante hasta un eco sin vacío. Palpitaciones.

El recepcionista se toca el pecho. Latidos de un corazón, eso puede cambiarlo todo. El sol se pone de noche, de mañana vuelve a salir, una y otra vez. Son muchos los sentimientos que se atropellan en la mente, una noche por delante. Todo se mueve, la tierra se vende y se vuelve a vender, es solo tierra, es solo una ilusión y en otro lugar de la tierra, luce la plena luz del sol. Negra noche, es una noche entera. Un café solo y otro; solo y a la espera.

«Ya son nueve los años que llevo en este húmedo y perdido hotel», piensa a las doce y cinco. «Esta es mi última temporada…», a las doce y diez.

El recepcionista controla los minutos de la noche sin controlarlos, con una danza rutinaria de aquí para allá que tiene un solo sentido: cruzarla. Los distintos sonidos, animal, se conocen con solo sentirlos; suena el ascensor, sin clientes baja; hace algo de brisa, un hilo fresco corre desde la escalera hasta su espalda; no cerraron bien la puerta del almacén, traquetea, quedó una luz encendida, zumbido insufrible que de día es nada.

«¿Y la 214 está ocupada?», se pasó preguntar en el cambio de turno. Chequeo de *planning*, pendiente de entrada, vaya por Dios. Nombre,: Tabita Estrada; vaya nombre y sin dar la entrada; en comentarios, huésped «entraremos de madrugada, gracias». Joder, este nombre me suena, Tabita Estrada. Suben las palpitaciones; una y diez.

Son muchos los momentos vividos y sufridos. También los disfrutados, pero esos no convencen de noche. Muchos los compañeros que le restaron a la vida un trozo de la vida. La vida se divide a trozos, como la tela. Memorias las del corazón, como los ojos de Mari. Julia ya se jubiló y hasta al gato Mauricio, ganas no le faltan. Sensación de fin de temporada de que todo se acaba.

Pero Tabita, la 214, sigue pendiente de entrada, Tabita Estrada. Un coche deslumbra las cámaras de madrugada; nuevas cámaras para viejas sombras de nada; falsa alarma, es solo la pegajosa pareja de la 307, enamorada. Tres y treinta y nada.

El recepcionista se da un paseo estrellado en la noche de la noche, dibuja paisajes de un futuro que no existe sin el hotel, y matando minutos mantiene una conversación tensa con el mismo.

—Vuelvo a empezar y listo; miedo a qué…
—A nada…
—¿Qué quiere Dios para mí?
—Otra cosa…
—Sé más concreto, por favor.
—Lo seré. Que sea yo mismo…

Un suspiro resuena en su eco, y casi se libera el alma de su cuerpo. Cuatro de la mañana. Las pilas no están agotadas, solo las agujas paradas. Pendiente solo una entrada, palpitaciones de vuelta, siempre la misma cosa, siempre la habitación de siempre, siempre la 214 pendiente de entrada. Joder.

Este sinvivir viviendo y no durmiendo de madrugada. Pesadilla de la 214 sin entrada, Tabita Estrada. Un infarto como a mi padre, me terminará dando, y en pañales sin paseos ni paisajes, sin amigos y sin cartas en la manga.

Ya son las cinco y veinte; vendrán puestos hasta las cejas, brillosas culebras de madrugada.

Con las alas se vuela y se imaginan otros mundos por habitar, otro espacio donde ser, otro caminar sin alas. Seguramente el viento sople del revés en Escocia, pero otro viento será, con su propio cuartito en Málaga.

«El amor platónico es algo bueno», se dice casi de mañana el recepcionista en el descuento de su eterna noche de espera; tumbado boca arriba en el sofá y agarrado a un cojín de anclas se le oye sentenciar en las cámaras.

«Es muy barato un infarto y se duerme de madrugada».

Cuando ya de mañana mañanera, una luz trasparente lo desvela de no dormir, asombrado de vivir y encogido de hombros y del alma, se asoma resacoso al nombre de su noche entera. Tabita Estrada. Sigue negra la 214, no ha entrado Tabita Estrada, que será feliz en su noche entera de reserva sin entrada.

Hay esperas, se suele decir, que nunca aparecen y noches enteras en vela por nada.